AF332759

L'AMANT MUET,

COMÉDIE

EN UN ACTE ET EN PROSE,

MÊLÉE DE VAUDEVILLES;

Par les citoyens PILLON et LAMBERT.

Représentée, pour la première fois, à Paris, sur le Théâtre des Jeunes - Élèves, de la rue Thionville, le 27 floréal an 8.

PRIX UN FRANC DEUX DÉCIMES.

A PARIS,

Chez HUGELET, Imprimeur, rue des Fossés-St-Jacques, N°. 4, Division de l'Observatoire.

AN X. -- M. DCCC. II.

<table>
<tr><td>

PERSONNAGES.</td><td>

ACTEURS.</td></tr>
</table>

FLORIMONT, Père.............. *Buisson.*
FLORIMONT, Fils.............. *Guénée.*
Madame DE VERBAC.............. *Mitonneau.*
AUGUSTINE, sa Fille.......... *Virginie.*
Le Docteur TAMARIN............ *Warin.*
VICTOR, Valet de Florimont fils..... *Chartier.*
ROSE, Femme-de-Chambre d'Augustine. *Voyez.*

La Scène est à la campagne, chez M. Florimont.

BRANTÔME rapporte que du temps de François I, une jeune personne de la cour, ayant un amant babillard, lui imposa un silence absolu et illimité, qu'il garda si fidèlement deux ans entiers, qu'on le crut devenu muet par maladie. Un jour, en pleine assemblée, sa maîtresse, qui, dans les temps où l'amour se faisait avec mystère, n'était point connue pour telle, se vanta de le guérir sur-le-champ, et le fit avec ce seul mot PARLEZ :

N'y a-t-il pas quelque chose de grand et d'héroïque dans cet amour-là! Qu'eût fait de plus la philosophie de Pithagore, avec tout son faste! Quelle femme, aujourd'hui, pourrait compter sur un pareil silence, un seul jour seulement, dût-elle le payer de tout le prix qu'elle y peut mettre! (J.-J. ROUSSEAU, Emilie, liv. 5.)

Nous déclarons avoir cédé au citoyen Hugelet la pièce ayant pour titre : l'AMANT MUET, Comédie en un acte et en prose, mêlée de vaudevilles, de notre composition; laquelle pièce il peut imprimer, vendre et faire vendre en tel nombre d'exemplaires qu'il lui plaira; nous réservant les droits d'Auteurs, par chaque représentation que l'on pourra donner sur les différens Théâtres de la République

Paris, ce 15 Ventôse an 10 de la République française.

Signé PILLON et LAMBERT.

Je déclare que je poursuivrai tous contrefacteurs et distributeurs d'éditions contrefaites qui ne porteraient pas le fleuron qui est au frontispice de la présente Pièce, et qui indique les lettres initiales de mon nom.

S.-A. HUGELET.

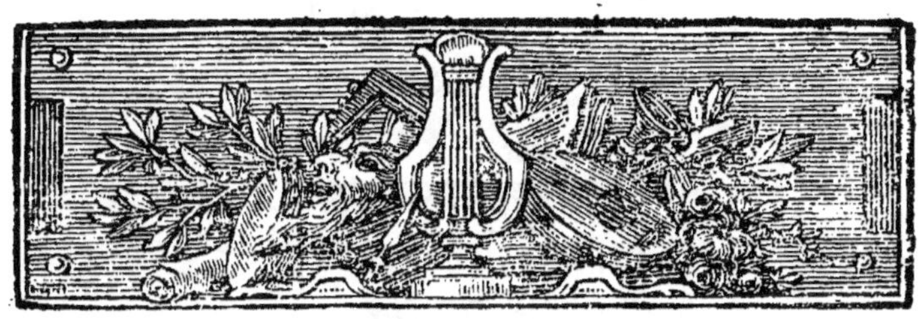

L'AMANT MUET.

SCÈNE PREMIÈRE.

ROSE seule. (*Elle travaille à côté d'un guéridon*).

AIR : *Vaudeville des deux Veuves.*

A faire souffrir son amant,
Quelle douceur trouve Augustine ?
Il est espiègle, il est charmant,
Et la coquette le lutine :
A fixer un tel papillon,
Vainement elle s'étudie :
Car l'inconstance un jour, dit-on,   *bis.*
Naquit de la coquetterie.   *bis.*

Mais, la voici.

SCÈNE II.

AUGUSTINE ET ROSE.

AUGUSTINE.

Eh bien, Rose, as-tu vu Florimont ce matin ?

A 2

ROSE.

Oui, Mademoiselle.

AUGUSTINE.

Que t'a-t-il dit ?

ROSE.

Y pensez-vous, Mademoiselle ! Un Muet peut-il parler ! Le pauvre malheureux, depuis quinze jours, n'a pas desserré les dents !

AUGUSTINE.

Il fait bien. S'il disait un mot sans ma permission, je ne lui pardonnerais de ma vie.

ROSE.

En vérité, Mademoiselle, je ne vous conçois pas.

AUGUSTINE.

Comment ! folâtre, indiscret, étourdi, il outragerait ma tendresse par sa légèreté, et je ne me vengerais pas !

ROSE.

N'a-t-il pas des yeux ?

AUGUSTINE.

Il ne doit en avoir que pour moi.

ROSE.

Vous voulez qu'il soit aveugle et muet.

AUGUSTINE.

Oui, son silence est un monument que j'élève à ma gloire.

AIR : *Vaudeville d'Abuzar.*

A d'autres l'ingrat fit la cour,
Que seule enfin je lui sois chère !

MUET.

Mon cœur pour fixer son amour,
Lui ravit le moyen de plaire.

ROSE.

Belle Augustine, pouvez-vous
Dicter un arrêt si sévère ?

AUGUSTINE.

Femme, avant de prendre un époux,
Doit l'accoutumer à se taire.

ROSE.

Mais, Mademoiselle, la pénitence sera-t-elle longue ?

AUGUSTINE.

Elle ne doit durer qu'un mois.

ROSE.

Miséricorde ! un mois entier !

AUGUSTINE.

Oui : cet arrêt est irrévocable. Il avait trop parlé, j'ai dû le faire taire ; son silence seul peut l'absoudre à mes yeux.

ROSE.

Vous êtes femme, et vous pouvez de sang-froid?... C'est le faire mourir à petit-feu.

AUGUSTINE.

Rassure-toi, le silence n'a jamais tué personne.

ROSE.

Madame de Verbac n'est pas de cet avis.

AUGUSTINE.

Ma mère, un jour me rendra justice ; je vais calmer son impatience...Gagnons du tems, et tout ira bien... Il faut que mon Amant achève l'épreuve à laquelle je l'ai condamné ; qu'il se taise, et ma main sera le prix de son obéissance.... Point de fausse pitié ; Rose, de la discrétion, de l'adresse ; que ta feinte crédulité continue de favoriser mon stratagême, sur-tout aux yeux de son valet ; c'est un bavard qui gâterait tout. Il faut que Florimont soit muet pour tout le monde.   (*Elle sort*).

ROSE, (*à part*).

Qu'une femme sait bien concilier l'amour-propre et l'amour ! (*Elle se remet à son ouvrage*).

SCÈNE III.

ROSE ET VICTOR, (*rangeant et épousse-
tant les meubles de l'appartement*).

VICTOR.

AIR : *Chacun avec moi l'avouera.*

On ne peut vivre sans parler,
C'est la plus douce jouissance !
Femmes, qui peut vous consoler,
Si l'homme garde le silence !
Oui, la langue est un instrument,   *bis.*
Dont tout être vivant raffole ;
Moi, je m'en sers passablement ;
   Et croyez-le,   *bis.*
Et croyez-le sur ma parole !

Eh bien Rose, tu ne dis rien !...; quoi, pas le mot. Quel silence pour une femme ! Serais - tu muette aussi ?

ROSE, (*d'un air fin et ironique*).

Ma foi, peu s'en faut, et, entre nous, Victor, je crains que la maladie de ton jeune maître ne gagne bientôt toute la maison.

V I C T O R.

Tu ne crains rien , sans doute , pour Madame de Verbac ?.

R O S E.

Ni pour toi , je t'assure.

V I C T O R.

Pour qui donc ?

R O S E.

Belle question ! pour Augustine.

V I C T O R.

Ah ! ce serait plaisant de voir deux Amans muets , sur-tout au moment de s'épouser.

R O S E.

Tréve de plaisanterie : tu sais que Madame de Verbac , n'ayant plus de mari , s'est réfugiée chez son frère , pour parler plus à son aise. Pourra-t-elle jamais se résoudre à prendre pour gendre un Muet , dont la Faculté désespère ?

V I C T O R.

Désespère ! pas tout-à-fait... A peine y a-t-il vingt-quatre heures que l'Esculape du canton s'est emparé du malade.

R O S E.

N'importe ; Madame de Verbac commence à s'impatienter... Que son neveu parle , ou je ne réponds de rien.

AIR : (*On compterait les diamans*).

> Car ma maîtresse sur ce point ,
> Ne nous laisse plus à notre aise ;
> Elle parle et ne souffre point ,
> Qu'en sa présence l'on se taise.

VICTOR.

Dans une femme trouve-t-on
Une si sotte politique !
N'a-t-elle pas toujours raison ,
Quand personne ne lui replique ?

ROSE.

Que veux-tu ! c'est un phénomène , et je crains...

VICTOR.

Rassure-toi : le Docteur Tamarin a promis de guérir le pauvre Florimont.

ROSE.

C'est un charlatan que ton maudit Docteur.

VICTOR.

Ne parle pas si haut. Tu serais lapidée. Tout le village a foi à ses reliques... Médecin , Chirurgien , Barbier , Droguiste , Apothicaire ; il rase , il saigne , il purge ; en un mot , il fait tout.

ROSE.

Et ne sait rien... Je crois qu'il n'y a qu'un bavard comme toi qui puisse faire parler un muet.

VICTOR.

Parbleu , tu as raison ; en dépit de tous les Docteurs , venus et à venir , cette cure m'est réservée... Il revient justement de la promenade , laisse-nous.

SCÈNE IV.

FLORIMONT fils , VICTOR.

(Florimont *fils en robe-de-chambre , un livre à
la main*).

VICTOR, (à part).

Voyons un peu si je pourrai réussir en l'im-
patientant.

patientant. Un mouvement de colère fera peut-être
plus d'effet que toutes les pillules du Docteur. (*Haut*).
Faites-moi le plaisir, monsieur, de me dire
comment vous vous portez aujourd'hui.

(*Florimont fait signe qu'il ne peut répondre*).

V I C T O R.

Bah ! répondez toujours, je n'en dirai rien à
personne.

A I R : (*Ma foi l'exemple m'enflamme*).

> Oui, monsieur, soyez sincère,
> Comptez sur votre valet ;
> Car changeant de caractère,
> Pour vous il sera discret.
> Ce n'est pas petite affaire,
> Que de garder un secret ;
> Pour vous je pourrai me taire,   (*bis*).
> Mais non devenir muet.   (*bis*).

(*Florimont fait signe qu'il veut s'habiller*).

V I C T O R.

Je n'entends pas.

(*Florimont recommence*).

V I C T O R.

Des gestes ! des gestes ! quel langage ! Bon dieu,
qui pourrait vous comprendre ?

(*Florimont frappe du pied et s'impatiente*).

V I C T O R.

Ma foi, monsieur, si vous n'êtes pas content,
c'est votre faute ; quand on veut être bien servi, on
s'explique clairement.

(*Florimont le pousse vers la porte d'un cabinet et
témoigne son impatience*).

V I C T O R (*revient avec un habit, fait mille
gaucheries en le mettant à son maître, et
chante en l'habillant*).

B

AIR : (*De Calpigi*).

Oh ! pour moi quel maudit service !
En vérité, c'est un suplice,
Et je puis y rester encor.
Bon dieu ! que je te plains, Victor !
Un muet fait triste figure ;
Pas un seul mot, pas une injure ;
Autant vaudrait servir un mort ;
Bon dieu ! que je te plains, Victor !
(*Florimont s'impatiente davantage*).

VICTOR ; (à part).

Bon ! voilà la machine en mouvement ! Patience !
la langue se déliera bientôt. (*Haut*). Monsieur.
(*Florimont se plaçant à son secrétaire pour écrire,
fait signe à Victor de se taire*).

VICTOR.

Me taire ! cela ne m'est pas si aisé qu'à vous....
Monsieur....   (*Florimont écrit sans l'écouter*).

VICTOR, (à part).

Serait-il sourd aussi ! Il ne manquerait plus que cela.
(*Il s'approche de son maître, et lui crie dans
l'oreille*).
Monsieur ; ... Monsieur ; ... Monsieur ; ... Le
docteur Tamarin prétend que vous êtes muet, et moi
je soutiens que non.

(*Florimont lui donne un soufflet*).

VICTOR.

En revanche, vous n'êtes pas manchot.
(*Florimont lui fait signe qu'il va recommencer*).

VICTOR.

Frappez, monsieur, mais parlez.

(*Florimont écrit*).

VICTOR.

Il ne m'écoute point : je perds mon tems, et j'en
suis pour mon soufflet . C'est le salaire du médecin..
Docteur Tamarin, je vous en souhaite autant ! ...

Mais, point du tout.... Le charlatan tendra la main,
et le valet tendra le dos.... Il faut l'avouer, le charla-
tanisme est aujourd'hui le vrai chemin de la fortune.

AIR: (*Mon père était pot*).

> Pour attrapper l'argent des sots,
>   C'est un talent commode.
> Sur un rien dire de grands mots,
>   C'est aujourd'hui la mode.
>   Soyez charlatan,
>   Faites l'important ;
>   On croira vos oracles,
>   Jettez en tous lieux
>   De la poudre aux yeux
>   Vous ferez des miracles.

(Florimont *se lève et remet une lettre à Victor, en
lui faisant signe de la porter à son adresse*).

VICTOR, (*prend et lit haut : A Mademoiselle, Mademoiselle Augustine*).

Si vous voulez, monsieur, que votre valet vous
obéisse, il faut aussi lui signifier vos ordres par écrit.

(*Florimont le chasse*).

SCÈNE V.

(FLORIMONT *seul regarde autour
de lui, pour s'assurer que personne ne l'entend*).

Quelle épreuve ! ..... Me taire devant tout le
monde !... Je puis au moins me parler à moi-même.
Ce foible dédommagement peut-il adoucir une loi
aussi rigoureuse ? Augustine !... Augustine !.. que tu
me punis cruellement !.. Quelle bizarrerie !.. Femmes !
Il faut encore adorer vos caprices !

AIR: (*Femmes, voulez-vous éprouver*).

> Une autre m'aurait pardonné
> Les torts d'une tête légère :
> Augustine m'a condamné
> Et me devient encor plus chère !

Ainsi son cœur ingénieux,
Armant la vertu la plus pure,
Combat un penchant vicieux;
L'amour corrige la nature!

Cruelle! il m'est permis d'aimer
La beauté que mon œil admire,
Et ma voix ne peut exprimer,
Le sentiment qu'elle m'inspire!
Sois sensible aux pleurs d'un amant;
Abrège une épreuve si dure:
Si je fus coupable un moment,
Amour pardonne à la nature!

Chut! j'entends quelqu'un; souvenons-nous que je suis muet.

SCÈNE VI.

FLORIMONT. VICTOR; (*accourant*).

VICTOR.

Tremblez, monsieur. Votre lettre est tombée dans les mains de madame de Verbac; elle vient: elle est furieuse.... Gare la bombe!

SCÈNE VII.

FLORIMONT, Mde DE VERBAC, AUGUSTINE
ET VICTOR.

Madame DE VERBAC.

Eh bien, monsieur, des lettres; toujours des lettres, et pas le mot: Apprenez, mon neveu, que ce ne sont pas des billets doux qu'il faut à ma fille.

VICTOR; (*à part*).

Mais un mari qui s'explique intelligiblement!

Mde DE VERBAC.

AIR: (*Fanfare de St.-Cloud*).
Sachez que la bienséance
Proscrit un billet galant.
Fi! vous gardez le silence;
Quel rôle pour un amant!

Voyez , le nigaud soupire ;
Mais doit-il se désoler ?
Si je lui défends d'écrire ,
Je lui permets de parler.

AUGUSTINE.

Mais , le peut-il ?

Mde DE VERBAC.

Pourquoi pas ?

AUGUSTINE.

Songez à son état.

Mde DE VERBAC.

Vous ne me persuaderez jamais , mademoiselle ,
qu'on ne puisse pas parler.

AUGUSTINE.

Sa langue est paralysée ; vous le voyez.

Mde DE VERBAC.

Ce n'est rien ; il s'écoute trop.

VICTOR ; (*à part*).

Quelle calomnie !

AUGUSTINE.

Cependant le docteur Tamarin...

Mde DE VERBAC.

Une femme , mademoiselle , en sait plus sur cet
article que tous les docteurs de la terre... Allons,
joignez-vous à moi pour lui arracher une parole.

AUGUSTINE.

Moi ?

Mde DE VERBAC.

Oui , vous.

AUGUSTINE.

Y pensez-vous , ma mère ?

Mde DE VERBAC.

Sans doute ; rien n'est impossible à l'amour.

AUGUSTINE.

La Faculté a décidé qu'il était muet.

Mde DE VERBAC.

N'importe : monsieur de Verbac l'eût-il été cent fois plus, je l'aurais bien fait parler... Sans cela eût-il jamais été votre père ? Allons, mademoiselle, faites comme moi ; dites à votre amant, je le veux.

AUGUSTINE.

Je le plains plus que vous ne pensez. (*A part*). Soyons inflexible.

Mde DE VERBAC.

Et ne voulez rien faire pour le guérir !... Quel entêtement !

(*Florimont impatienté murmure entre ses dents*).

VICTOR.

Miracle !.. Je crois qu'il a parlé.

Mde DE VERBAC.

Dieu soit loué !.. Qu'a-t-il dit ?

AUGUSTINE.

Rien : ce nigaud s'est trompé.

Mde DE VERBAC.

Mais, voyez donc ! elle ne veut pas qu'il parle... Vous vous en repentirez, mademoiselle ; tout ceci commence à m'impatienter... Cependant, j'ai encore pitié de lui... Ecoute Florimont.

AIR : *Du Vaudeville des Visitandines.*

> J'étais fille et savais me taire,
> Quel accident rare et fatal !
> Bientôt les leçons de ma mere,
> Surent me guérir de ce mal.
> Pauvre garçon, ton sort me touche ;
> Ecoute enfin ce qu'elle a dit.
> Pour parler faut-il de l'esprit ?
> Non !... il suffit d'ouvrir la bouche.

(*Florimont ouvre la bouche*).

VICTOR.

Le beau remède !.. Rien ne sort.

Mde DE VERBAC.

J'enrage.

VICTOR.

Madame, je vous assure, que s'il ne dit rien...

Mde DE VERBAC.

Eh bien !

VICTOR.

Il n'en pense pas moins.

Mde. DE VERBAC.

L'imbécille !... Il s'agit bien de réfléchir... Ce sont des paroles qu'il nous faut.

AUGUSTINE, *à part.*

Je triomphe !... mais songeons à conjurer l'orage.

Mde. DE VERBAC.

Je n'y tiens plus.

AUGUSTINE.

Madame, allons voir le docteur...peut-être....

Mde. DE VERBAC.

Qu'il le guérisse sur-le-champ..ou..nous verrons.

(*Elles sortent*).

SCÈNE VIII.

FLORIMONT et VICTOR.

VICTOR.

Enfin, il n'y a donc plus d'espoir que dans le docteur..en ce cas, monsieur, vous courez risque d'être muet toute votre vie.... Dieu veuille encore que son talent ne vous envoye pas parler dans l'autre monde!.. Mais le voici.

SCÈNE IX.

FLORIMONT, père, FLORIMONT fils, le
DOCTEUR TAMARIN et VICTOR.

FLORIMONT, père, *entrant*.

Vous me promettez donc, docteur, de guérir mon
fils?

LE DOCTEUR.

Je vous le jure par Hypocrate.

FLORIMONT, père.

AIR : *d'Aucassin.*

Vous lui rendrez la parole ;
Que ce serment me console !

LE DOCTEUR.

Oui, croyez un mèdecin,
Iure-t-il jamais en vain !

FLORIMONT, père.

Docteur, ma reconnaissance
Doublera la récompense,
Si jamais il parle bien !

VICTOR.

Comment payer sa science,
Si votre fils ne dit rien ?

LE DOCTEUR.
Taisez-vous.

VICTOR.

Votre science
Dit beaucoup et ne fait rien.

(*Ensemble*).

Florimont, père,   Maraud, respecte un mèdecin
Le Docteur. , . .   Apprends à craindre un mèdecin !
Victor (à part)..   Je ris d'un pareil mèdecin !

LE DOCTEUR. à *Florimont fils.*

Approchez-vous, jeune homme. Avez-vous suivi
mes ordonnances?
(*Florimont,* fils, *fait signe que oui,* et à part *que non*).

LE DOCTEUR.

LE DOCTEUR.

En ce cas vous devez sentir votre langue plus libre.

(Florimont , fils , fait signe que non).

LE DOCTEUR.

Cela viendra...Cela viendra...patience.

(Florimont , fils , rit).

LE DOCTEUR.

Quel blasphême ! Votre incrédulité est plus dan-
géreuse que votre mal même... C'est encore une
maladie dont je prétends vous guérir....Respectez la
médecine, et apprenez, jeune homme, que quand
Hypocrate dit oui...

VICTOR, *(à part)*.

Galien dit non.

LE DOCTEUR

Voyons un peu votre bras, *(il lui tâte le poulx).*
Hein !...hein !...votre poulx est celui d'un véritable
muet.

FLORIMONT, père.

Comment !..

LE DOCTEUR.

Oui monsieur : le poulx est la pierre de touche de
toutes les maladies...D'où venez-vous, Mr. Florimont?
Vous n'avez donc pas lu ma thèse sur le poulx ?

AIR : *Des Trembleurs.*

C'EST-là qu'en gros caractère
Je prouve à toute la terre,
Qu'au battement de l'artère,
Je mets le doigt sur le mal.
Oui , ma science suprême,
Trouve ainsi par mon systême,
Et malgré l'héritier même,
Le remède radical.

FLORIMONT, père.

Mon fils est donc sauvé ?

LE DOCTEUR.

Certainement ! il parlera ; fut-il muet de naissance !

AIR : *Récitatif.*

La médecine a des moyens puissans
Pour soulager tous les maux de la terre ;
Elle peut bien faire parler les gens,
Puisqu'elle sait les faire taire !

VICTOR ; (à part).

Oh ! pour faire taire les gens , la médecine a des secrets infaillibles.

LE DOCTEUR.

Mais, laissez-moi réfléchir. J'ai besoin de quelques instans de méditation.

SCÈNE X.

LE DOCTEUR, (seul).

Bon : cela va bien ; monsieur Florimont est dans mes filets.

AIR : *La comédie est un miroir.*

Oui, bravo, monsieur Tamarin ;
Mais comment trouver un remède ?
Par ma foi j'y perds mon latin ,
Que l'adresse vienne à mon aide !
Si notre muet par hazard ,
Débite une belle tirade ;
Ce sera l'effet de mon art,
Sinon la faute du malade !

Bien trouvé !.. Bien trouvé !.. Traînons, exagérons, épouvantons.

SCÈNE XI.

LE DOCTEUR, Mde DE VERBAC ET AUGUSTINE.

Mde DE VERBAC.

Je suis toute essoufflée... Je vous cherche par-

tout... Enfin je vous tiens... Là, docteur : parlez-
moi franchement ; mon neveu est-il décidemment
muet ?

LE DOCTEUR.

Oh ! je vous en réponds.

Mde DE VERBAC.

En ce cas l'aurez-vous bientôt guéri ?

LE DOCTEUR.

Patience !.. Madame de Verbac ; patience !... Il
faut laisser aux remèdes le tems d'agir.

Mde DE VERBAC.

Le tems d'agir !.. Comment, après un siècle d'at-
tente, me demander encore de la patience ! Y pensez-
vous ? De la patience !

LE DOCTEUR.

Mais, madame, songez que l'Artériotomie nous
prescrit...

Mde DE VERBAC.

Vous voilà ; vous faites le docteur ; vous étalez
des mots longs d'une aune, et vous ne pouvez arracher
une syllabe à mon neveu : bon dieu ! son mal est
incurable ; ç'en est fait, il est mort !

AUGUSTINE.

Que dites-vous, madame ?

Mde DE VERBAC.

Mort et muet, sont synonimes, ma fille!

AIR : *La sagesse est un trésor.*

(*De Rose et Colas*).

LA parole est un trésor ;
Un trésor c'est la parole :　　　　(*bis*).
Lorsqu'on se tait on est mort,
On a perdu sa boussole :
Les richesses du Pactole,　　　　(*bis*).
Ne valent pas la parole,
La parole est un trésor,　　　　(*bis*).
La langue est notre boussole,

Quand on la perd on est mort.
Un trésor c'est la parole,
La parole est un trésor !
De ce trésor je raffole ;
De nos maux il nous console :
La langue est notre boussole,
Quand on la perd on est mort.   (*bis*).

LE DOCTEUR.

Je médite une opération.

Mde DE VERBAC.

Eh ! laissez-nous avec votre opération. Vous êtes un charlatan.

LE DOCTEUR.

Un charlatan ! moi ?

Mde DE VERBAC.

Allez-vous en... Je crains que vous ne me donniez le mal que vous ne pouvez lui ôter. Si cela devait jamais arriver, je crois que je me pendrais.

LE DOCTEUR.

Quelle femme ! bon dieu !.. Quelle femme !.. Il n'y a pas moyen d'y tenir... Moi, un charlatan !.. un charlatan !   (*Il sort furieux*).

SCÈNE XII.

Mde DE VERBAC, AUGUSTINE.

Mde DE VERBAC.

Vous le voyez, mademoiselle, votre cousin est un homme perdu, ainsi il faut renoncer à lui.

AUGUSTINE.

Oubliez-vous que vous m'avez permis de lui donner mon cœur ?

Mde DE VERAC.

Eh bien ! petite sotte, vous le reprendrez.

AUGUSTINE.

Jamais, madame, jamais.

Mde DE VERBAC.

Comment! jamais ! La fille de madame de Verbac oserait ainsi déshonorer mon nom ? Apprenez, mademoiselle, que je veux un gendre qni parle, qui parle, qui parle.

AIR : *Daignez m'épargner le reste.*
Florimont vous sera fatal,
Si jamais l'hymen vous rassemble.
Vous gagnerez bientôt son mal,
Si vous restez long-tems ensemble.
C'en est fait, si pour votre époux,
Vous prenez pareille statue ;
Car, Augustine, ignorez-vous,   (*bis*).
Que le silence nous tue ?

AUGUSTINE.

Mais, ma mère...

Mde DE VERBAC.

Il n'y a point de mais à cela... Tout est fini ; tout est conclu ; tout est rompu... Il me tarde d'être partie... L'air de cette maison est pestiféré..Je crois que j'y deviendrais muette aussi... C'est une épidémie.. Je vais donner mes ordres, et bientôt je ne craindrai plus rien.   (*Elle sort*).

SCÈNE XIII.

AUGUSTINE, (*seule*).

Quel contre-tems !.. Qui retiendra ma mère ?.. Monsieur Florimont !.. Il aime trop son fils pour ne pas s'opposer à notre départ. Et nous resterons... Oui : le silence de mon amant est un triomphe pour mon amour-propre outragé !.. L'honneur me défend de le rompre si-tôt... Puis-je, sans faiblesse, devancer le terme que j'ai fixé pour son pardon !

AIR : *Quand l'amour naquit à Cithère.*
LA beauté pour venger sa gloire,
En folâtrant, s'arme et combat ;
Bientôt à son char de victoire,
Ses lois enchaînent un ingrat.

S'il subit le joug sans colère,
Ses vœux alors sont satisfaits ;
Au rébelle elle fait la guerre ;
Mais au vaincu donne la paix.
Ainsi, dans quinze jours... Mais, le voici...
Augustine... Ne te laisse pas fléchir.

SCÈNE XIV.

AUGUSTINE et FLORIMONT fils.

(Florimont accourt, se jette aux pieds d'Augustine, et lui présente un papier ; Augustine le prend, et chante le couplet qu'il contient).

AIR : *La pitié n'est pas de l'amour.*

Pour punir un amant frivole,
Un jour Flore dit à Zéphir,
Mon cœur te ravit la parole,
Qui sert toujours à me trahir !
Mais sous ses doigts l'arbre soupire,
L'écorce apprend à s'exprimer ;
Flore sourit, et l'art d'écrire
Obtint la grace a l'art d'aimer. (*bis*).

AUGUSTINE (*lui répond par ce couplet*).

Même AIR.

Contre moi même je conspire,
En voulant ainsi t'éprouver !
Tu m'aimes, avant de le dire,
Il faut du moins me le prouver.
Le sentiment que je t'inspire
Doit être pur comme le jour ;
Au bonheur seul ton cœur aspire,
Le desir n'est pas de l'amour. (*bis*).

SCÈNE XV.

AUGUSTINE, FLORIMONT fils, ET ROSE.

ROSE (*accourant*).

Oh ! mon dieu ! mademoiselle, toute la maison

est en l'air... Monsieur Florimont est désolé, et le docteur stupéfait.... Tout est perdu...

AUGUSTINE.

Comment !

ROSE.

Plus de mariage.

AUGUSTINE.

Que veux-tu dire ?

ROSE.

Madame de Verbac est inexhorable.. Les chevaux sont prêts... Elle part ; on n'attend plus que vous.

AUGUSTINE, (*à part*).

Je ne croyais pas la chose si sérieuse ! (*Haut*). Voyons.   (*Florimont veut la suivre*).

AUGUSTINE.

Non ; restez Florimont.

ROSE, (*finement à Florimont*).

Mademoiselle a raison ; vous connaissez l'antipathie de madame de Verbac. Gardez-vous de vous montrer ; votre silence gâterait tout. (*Elles sortent*).

SCÈNE XVI.

FLORIMONT (*seul*).

Malheureux Florimont !.. Quoi !.. On t'enlève ta maîtresse, et il faut que tu te taises ! Quelle situation !

AIR : *Je te perds fugitive espérance.*

> Malheureux ! hélas ! que vas-tu faire ?
> Sort cruel ! je commence à trembler !
> Elle fuit, si je songe à me taire ;
> Je la perds si j'ose enfin parler.   (*bis*).

Mais, j'entends quelqu'un !.. C'est madame de Verbac ; fuyons.

SCÈNE XVII.

Mde DE VERBAC ET Mr. FLORIMONT.

Mde DE VERBAC.

Non, monsieur, mon parti est pris... C'est une
tyrannie que de vouloir me retenir... Il faut que je
parte... Je n'y puis résister, j'étouffe ici.

Mr. FLORIMONT.

AIR : *Vous m'ordonnez de la brûler.*

Madame, écoutez la raison,
L'affaire est d'importance.

Mde. DE VERBAC.

Monsieur, l'on meurt dans la maison
Où loge le silence.

FLORIMONT.

Eh! quoi! si mon fils ne dit mot...

Mde. DE VERBAC.

Peut-il jamais me plaire?

FLORIMONT.

Tout irait mieux si plus d'un sot
Savait ainsi se taire !

Mde DE VERBAC.

Belles raisons que tout cela... Votre fils est muet,
cela suffit, et je partirai.

Mr. FLORIMONT.

AIR : *De la croisée.*

Mais la pantomime en tous lieux,
Ma chère sœur, fait des merveilles:
Dans ce langage on parle aux yeux,
Sans nous écorcher les oreilles.
Oui, par des gestes éloquens,
L'ignorant peut se faire entendre;
Tandis qu'en parlant nos savans
Ne se font pas comprendre.

Mde. DE VERBAC.

AIR : *Il faut quitter ce que j'adore.*

Fi, de cette mode nouvelle,
Le torrent ne peut m'entraîner;
Et cette langue universelle
N'est pas bonne pour raisonner.

Une

Une femme dès son enfance,
Sans parler ne peut exister ;
Elle prend donc par complaisance
Un mari pour se disputer.   (*bis*).

FLORIMONT.

Même AIR.

Mais parcourez chaque ménage,
Écoutez les cris d'un jaloux ;
Et figurez-vous le tapage
Que font souvent bien des époux.
A cette guerre scandaleuse,
Bientôt la paix succèderait,
Et la femme serait heureuse,
Si l'époux devenait muet,   (*bis*).

(*Ensemble les quatre derniers vers*).

M. FLORIMONT.

A cette guerre scandaleuse, etc.

Mde. DE VERBAC.

Une femme dès son enfance, etc.

Mde DE VERBAC.

Point du tout, monsieur, point du tout : une
femme ne saurait être de votre avis... Car, sans cette
guerre, point de raccommodement..Que Florimont
parle, où je vous quitte.

M. FLORIMONT.

Quelle bizarrerie!.. Nous abandonner au moment
de terminer le mariage de nos enfans !

Mde DE VERBAC.

Y pensez-vous? Peut-on marier le feu et l'eau?..
Jamais, mon frère, jamais.

M. FLORIMONT.

Oubliez-vous votre parole ?

Mde DE VERBAC.

Votre fils tient-il la sienne ?

M. FLORIMONT.

N'est-il pas prêt à épouser Augustine ?

Mde DE VERBAC.

Le peut-il sans parler ?

M. FLORIMONT.

AIR : *Il n'en est pas de généreux.*

Il garderait le célibat,
Ma chère sœur, à vous entendre !

Madame DE VERBAC.

Tant qu'il sera dans cet état,
Je ne puis l'accepter pour gendre.

M. FLORIMONT.

Mais s'il ne peut prononcer oui,
Ma sœur, il peut du moins l'écrire.

Madame DE VERBAC.

Non, le cas serait inoui ;
Peut-on s'épouser sans rien dire ?

M. FLORIMONT.

Vous extravaguez, ma sœur.

Mde DE VERBAC.

Votre sang-froid, sur cet article, monsieur, me
met hors de moi... Vous traitez ceci comme un ac-
cident ordinaire... A vous entendre, on dirait que
votre fils a la migraine !.. Il est muet, monsieur ;
muet, vous dis-je ; ce qu'on appelle muet !

M. FLORIMONT.

Eh ! bon dieu ! vous voulez me rendre sourd !..
Mais, attendez ; la Faculté trouve des remèdes à
tout.... Le docteur m'a promis de lui rendre la
parole, et cet habile homme...

Mde DE VERBAC (*l'interrompant*).

Est un sot, mon frère : adieu.

SCÈNE XVIII.

(*Les Mêmes*). AUGUSTINE ET ROSE.

Mde DE VERBAC.

Que venez-vous chercher ici, mademoiselle ?...

Allons , suivez-moi.

A U G U S T I N E.

Quoi! décidément , ma mère, vous voulez partir?

Mde DE V E R B A C.

Sans - doute.

A U G U S T I N E.

Mais la nuit approche !

Mde DE V E R B A C.

N'importe.

R O S E.

Et ce bois d'une lieue qu'il faut traverser?

Mde DE V E R B A C.

Je le redoute moins que cette maison.

F L O R I M O N T.

Mais les voleurs !...

R O S E.

On en rencontre à chaque pas.

Mde DE V E R B A C.

Ils vous parlent du moins.

R O S E.

Quel tapage !

S C È N E X I X. et dernière.

TOUS LES ACTEURS.

(*Le Docteur ramène Florimont fils , que des domestiques entourent et tiennent par les bras*).

LE D O C T E U R.

AIR: *Du Port-Mahon.*

Enfin je le ramène ,
Je suis, je suis, je suis hors d'haleine :
Et je tiens pour certaine ,
Monsieur, sa guérison.

Tous.

Tout de bon, tout de bon, tout de bon ?

LE DOCTEUR.

Tout de bon, oui vraiment, tout de bon !

M. FLORIMONT, *père.*

Que veut dire tout ceci ?

LE DOCTEUR.

La Faculté triomphante ramène un sujet soumis : mais rassurez-vous, monsieur.

(*Il tire des instrumens de sa poche*).

AUGUSTINE *au Docteur.*

Que prétendez-vous faire ?

LE DOCTEUR.

Lui rendre la parole.

Mde DE VERBAC.

Ce sera t-il long ?

LE DOCTEUR.

Une minute suffit pour opérer le miracle.

Mde DE VERBAC.

Je vous en donne quatre et votre fortune est faite.

LE DOCTEUR *aux domestiques.*

Hola ! vous, approchez : placez le malade sur ce fauteuil, et tenez-le bien.

AUGUSTINE *à part.*

Je suis assez vengée, terminons son supplice.

LE DOCTEUR *avec emphâse.*

Commençons l'opération.

AUGUSTINE.

Arrêtez, monsieur, vous allez l'estropier.

Mde DE VERBAC.

De quoi vous mêlez-vous ? Voulez-vous rester fille.

AUGUSTINE.

Je ne souffrirai point, monsieur....

LE DOCTEUR.

Eh ! vous vous effrayez d'une bagatelle.... Ce n'est rien.... de grace laissez-moi opérer... laissez-moi opérer.

AUGUSTINE.

Non, monsieur.

LE DOCTEUR.

Oh ! pour le coup, c'est trop abuser de ma patience... guérissez-le vous même.

ROSE.

Et vous tirerez le Docteur d'un grand embarras.

AUGUSTINE.

J'y consens : l'amour sera son médecin........ Parlez, Florimont.

FLORIMONT fils *tombant aux genoux d'Augustine.*

Mes torts envers Augustine sont-ils assez expiés par un silence de quinze jours ?

(*Tous témoignent leur étonnement, le Docteur stupéfait, se laisse tomber dans le fauteuil de Florimont.*)

LE DOCTEUR.

Ouf !

AUGUSTINE.

Oui, Florimont, je vous pardonne.

FLORIMONT fils.

AIR : *Jeunes amans cueillez des fleurs.*

Les ordres d'un objet chéri
Pour un amant sont des oracles :
De mon silence l'on a ri,
L'amour enfante des miracles :

De l'adversité sous ses loix,
Mon cœur a fait l'apprentissage;
Et quand ce dieu me rend la voix,
Pour le bénir, j'en fais usage.

Mde DE VERBAC, *embrassant sa fille.*

Viens, ma fille; viens mon sang; tu fais parler un muet! ce miracle est digne de la famille des Verbac. Oh! pour lé coup, je me réconcilie avec Florimont, et l'accepte pour gendre.

FLORIMONT fils.

Où donc est le Docteur?

VICTOR.

Il a pris votre place... Le pauvre diable a gagné je pense, le mal qu'il croyait guérir.

FLORIMONT père.

Allons, Docteur, sans rancune; venez vous réjouir avec nous.... Quoi! pas le mot?... Au reste, il fait bien..... Il vaut souvent mieux se taire que de parler.

VAUDEVILLE.

AIR : *Regard vif et joli maintien.* (*De Sargines*).

Sexe charmant, votre crédit
Jouit partout du droit de plaire!
Ah! quand un sot nous étourdit,
Que votre voix le fasse taire!
Parler beaucoup, ne dire rien;
Oui, c'est ainsi qu'il nous désole;
Usez souvent de ce moyen;
Car à ceux qui ne disent rien,
A quoi peut servir, (*bis.*) la parole?

AUGUSTINE à Florimont.

Pardonne, mon amour pour toi
Sût m'inspirer ce stratagême.
Je t'ai rendu digne de moi,
Je t'estime autant que je t'aime.

FLORIMONT, fils.

Du long silence de l'amour,
La voix de l'hymen me console ;
Elle célèbre ce beau jour,
Que je sois puni par l'amour
Si je perds jamais, (*bis*) la parole.

Madame DE VERBAC.

L'amour fuit avec le printems,
Et la folie avec les graces !
Bientôt sur les aîles du tems,
L'hiver vient effacer leurs traces.
Si l'âge exile les desirs,
Chez sa voisine on se console :
Chaque saison a ses plaisirs.
Si l'âge exile les desirs,
Il nous laisse au moins (*bis*) la parole.

VICTOR.

Femmes qui voulez vous venger
D'un amant un peu trop frivole ;
Craignez en voulant l'affliger ,
Qu'un autre enfin ne le console !

ROSE.

Maris, parlez toujours raison ;
Qu'à votre voix l'ennui s'envole !
Fixez la paix dans la maison ;
Pour nous faire entendre raison ,
Reprenez souvent (*bis*) la parole.

LE DOCTEUR.

Pauvre Docteur tu veux guérir
Un mal que ta science ignore !
Tu ferais mieux de secourir
L'auteur bien plus malade encore !
Mais je crois qu'un parterre humain ,
En sait plus que toute l'école :
Oui, le remède est dans sa main ;
Et si le parterre est humain ,
L'auteur reprendra (*bis*) la parole.

FIN.